Vous êtes Timon, un jeune garçon de ferme, qui habite avec ses parents à la lisière de la grande forêt de Brecilien. C'est bientôt le solstice d'été et vos parents vous envoient chercher le vieil ermite qui s'est installé au cœur du bois. Vous avez l'habitude de vous promener sous les frondaisons et vous êtes ravi de rendre visite à Erwan le druide, qui est votre ami depuis longtemps. Il vous a appris à reconnaître les plantes, à écouter les animaux et à retrouver leurs traces.
Votre chemin pour retrouver Erwan est cependant semé d'embûches : il vous faudra braver les ombres de la forêt, trouver des indices et déjouer les pièges nombreux que vous a tendus le dragon Meogl, votre principal adversaire.
Souvenez-vous : quoi qu'il arrive, vous ne pouvez revenir en arrière.

Bonne chance !

GARANTIE DE L'ÉDITEUR
Pour vous parvenir à son plus juste prix, cet ouvrage a fait l'objet d'un gros tirage. Malgré tous les soins apportés à sa fabrication, il est malheureusement possible qu'il comporte un défaut d'impression ou de façonnage. Dans ce cas, ce livre vous sera échangé sans frais. Veuillez à cet effet le rapporter au libraire qui vous l'a vendu ou nous écrire à l'adresse ci-dessous en nous précisant la nature du défaut constaté. Dans l'un ou l'autre cas, il sera immédiatement fait droit à votre réclamation.
Librairie Gründ - 60 rue Mazarine - 75006 Paris

Texte original de Jean-Luc Bizien
Illustrations de Didier Graffet
Secrétariat d'édition : Justine de Lagausie

Première édition française 1995 par Librairie Gründ, Paris

ISBN : 2-7000-4109-7
Dépôt légal : septembre 1995

Photogravure et photocomposition : Ipso Facto, Paris
Polices utilisées : Garamond / Clearface
Imprimé en France par Herissey

Loi n° 49-956 du 16 juillet 1949 sur les publications destinées à la jeunesse

LA FORÊT AUX 100 SORTILÈGES

Vivez l'Aventure

TEXTE DE
JEAN-LUC BIZIEN

ILLUSTRATIONS DE
DIDIER GRAFFET

GRÜND

Hélas, lorsque vous parvenez au logis du druide, une pauvre cabane au bord d'un étang baptisé le "Lac aux Fées", vous trouvez les lieux dévastés... On s'est battu ici !

Qu'allez-vous faire ? Allez-vous ressortir précipitamment et scruter les abords de l'étang sombre ? Allez page 8.

Préférerez-vous retourner aussitôt au village pour prévenir vos parents ? Allez page 10.

Il faut choisir vite : Erwan a sûrement besoin d'aide !

Avant de repartir, vous apercevez sur le sol l'éclat d'une petite pierre précieuse finement taillée... Il y en a cinq autres dans la pièce. Saurez-vous les trouver ?

Une main a jailli des flots, tenant une épée merveilleuse, dont la lame brille de mille feux.

Si vous décidez de vous en saisir, prenez garde à ne marcher que sur les rochers... Les autres "îlots" qui affleurent sont en fait de redoutables pièges vivants !

Quand vous aurez surmonté cette épreuve, allez page 12.

Préférez-vous fuir par le premier chemin vers le cœur de la forêt ? Rendez-vous page 10.

Voici enfin votre village : vous êtes sain et sauf ! Déjà, vos parents vous questionnent, inquiets : qu'est-il arrivé à Erwan le druide ? Vous êtes bien incapable de leur répondre. Jusqu'à présent, vous n'êtes pas venu à bout des sortilèges de la forêt... Vous n'avez pas eu l'occasion de croiser Meogl le dragon. Comme la plupart de ses congénères, Meogl est un puissant sorcier qui utilise, en ce moment même, un de ses nombreux pouvoirs pour vous observer et se délecter de votre défaite.

Saurez-vous le trouver et le défier du regard ? Si vous parvenez à rassembler assez de courage après cette rude épreuve, vous pouvez retourner page 6 et commencer une nouvelle aventure.

Bonne chance !

C'est bien une fée qui vous a donné la lame merveilleuse, puis a disparu au fond des eaux. Sa voix était comme un murmure : «Va, courageux héros, et arrache Erwan des griffes de l'abominable Meogl. Pour cela, n'hésite pas à faire appel au pouvoir d'Aliendir...»

Vous tenez en main Aliendir, une épée de légende : l'éclat de sa lame est presque aveuglant !
Vous apercevez un chemin, sur l'autre berge, mais comment le rejoindre ? L'eau est bien trop profonde, et vous n'êtes pas un excellent nageur... De plus, les monstres entraperçus tout à l'heure sont bien éveillés, maintenant !

Trouverez-vous une embarcation susceptible d'effectuer la traversée ?

Si vous vous dirigez vers la forêt,
allez page 14.

Si vous préférez prendre
la direction des montagnes,
rendez-vous page 20.

Soudain, dans la clairière,
les arbres semblent prendre vie...
Ils grimacent, crient, et paraissent
furieux de vous découvrir
parmi eux !

Ces redoutables créatures
vous encerclent dans un concert
de craquements et s'apprêtent
à vous attaquer...

Seuls les lutins de la forêt,
de minuscules bûcherons,
sont capables de les abattre.
Huit d'entre eux sont présents
et vous observent.
Saurez-vous les trouver à temps ?

Si vous parvenez à vous tirer de
ce mauvais pas, tournez la page.

Les lutins de la forêt sont venus à bout des monstres de bois et vous les remerciez chaleureusement. Ce sont de tout petits bonshommes adorables, dont la voix tinte comme une clochette de cristal. Respectueux du monde qui les entoure, et plus particulièrement de cette forêt magique, ils n'abattent que ces monstres, dont ils utilisent le bois pour construire leurs abris. Ils ont été ravis de pouvoir vous venir en aide. Comme ils sont très joueurs, ils vous proposent, pour tout dédommagement, un de leurs passe-temps favoris : "le jeu des jumeaux". Saurez-vous les regrouper deux à deux?

Quand vous aurez fini de vous amuser avec vos nouveaux amis, rendez-vous page 18 si vous vous dirigez vers l'est de la clairière, ou page 20 si vous préférez l'ouest.

Dans cette clairière,
cinq trolls tapis
dans l'ombre attendent
leur prochaine victime.
Pour leur échapper,
il vous suffit de les
repérer tous, puis
de traverser la clairière
sans vous arrêter.
Au sommet du monticule,
vous apercevez un bijou
de grande valeur.
Allez-vous vous en
emparer ou préférez-vous
quitter les lieux
au plus vite ?
Si vous partez
vers la gauche,
rendez-vous page 24.
Si vous vous échappez
par la droite,
allez page 32.

Le chemin sous le soleil n'est peut-être pas aussi tranquille qu'il n'y paraît à première vue...
Quelques dangers mortels y sont cachés, qui trahissent l'influence de Meogl le maléfique.
Mais vous allez sans doute parvenir à les identifier : vous avez trop l'habitude de ces lieux généralement paisibles pour vous laisser surprendre !
Restez cependant sur vos gardes et progressez prudemment !

Il vous faut découvrir neuf pièges pour parvenir sain et sauf au bout du chemin.

Quand vous les aurez tous trouvés et évités, rendez-vous page 18.

Vous n'avez pas pu voir la fosse qui s'ouvrait dans le sol ! Vous êtes tombé directement dans le repaire de Meogl et votre irruption soudaine a réveillé le monstre. Il s'est redressé, a pris une formidable inspiration et s'apprête à cracher un torrent de flammes... Courageusement, vous avancez vers la bête. Aliendir vibre de rage à vos côtés : elle a deviné que l'issue du combat vous serait fatale.

Il fallait atteindre Meogl par une autre voie et jouer de ruse pour parvenir à le défaire. Sans doute parviendrez-vous à le vaincre, mais pour cela il vous faut recommencer une nouvelle quête !

Retournez page 6.

Vous avez peut-être évité les trolls, mais vous avez glissé dans un de leurs nombreux pièges ! Les parois sont trop lisses et trop abruptes pour vous permettre de remonter à la surface : il va falloir explorer le dédale de couloirs qui s'ouvre devant vous. Mais comment faire pour y voir clair ? Il fait si noir, ici...

Si vous ne trouvez pas de solution, vous pouvez toujours avancer dans le noir, en vous guidant d'une main contre la paroi rocheuse. Mais à vos risques et périls ! Dans ce cas, allez page 22.

Si, au contraire, vous avez trouvé le moyen de vous éclairer, allez page 40.

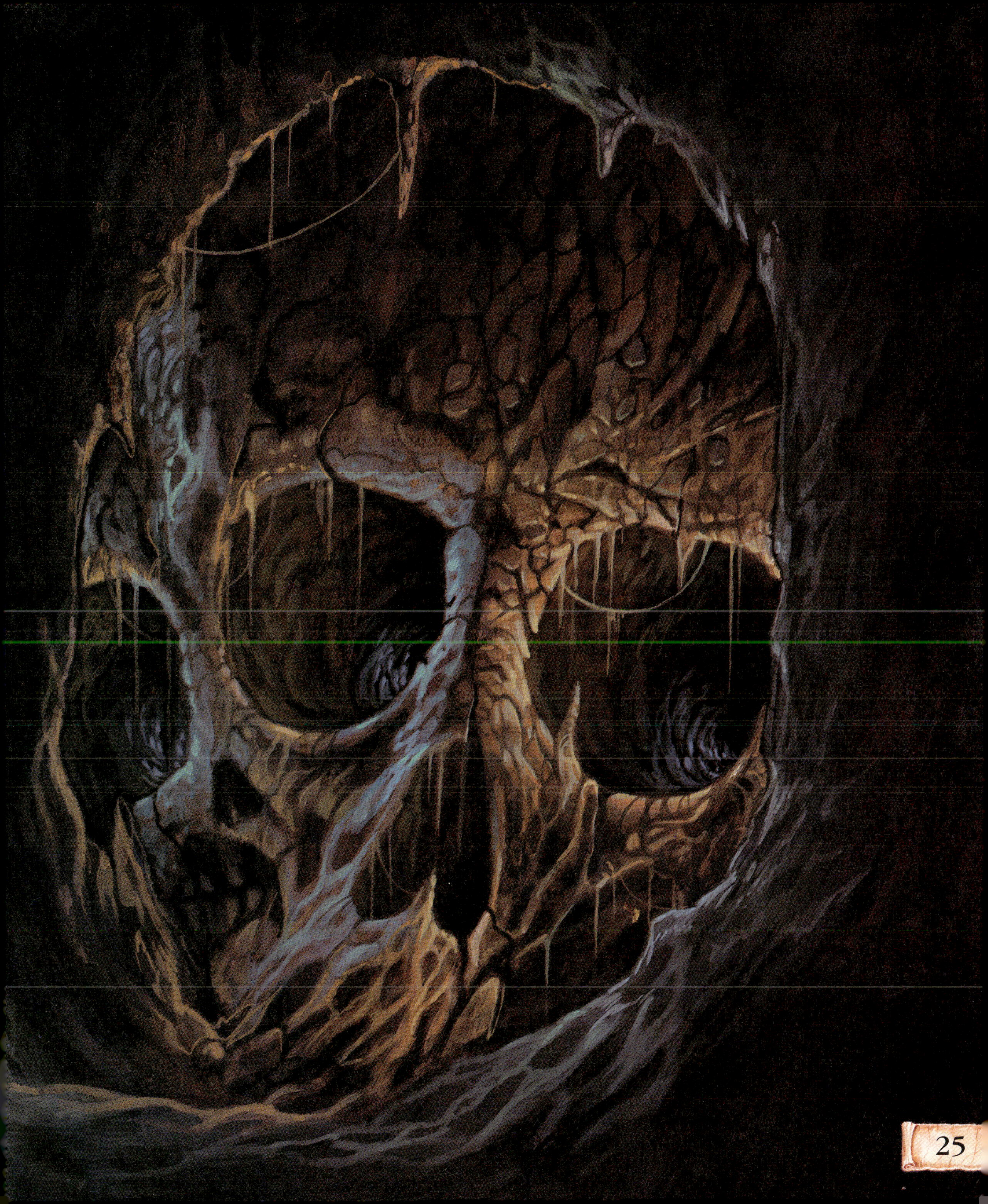

Dans cette grotte vit un alchimiste emprisonné par Meogl depuis des années. Le dragon lui ordonne régulièrement de confectionner des potions et des breuvages savants dont il se délecte. Le vieil homme est un peu inquiétant, mais ne semble pas vraiment méchant. Il accepte d'ailleurs de vous renseigner, si vous triez les feuilles en les joignant deux à deux. Attention : l'une d'elles s'est envolée...

L'épreuve ne devrait pas vous poser de problèmes : Erwan a fait de vous son meilleur élève !

Lorsque vous aurez terminé, rendez-vous page 36.

Si vous refusez la corvée qu'il vous propose, allez page 40.

«Suis le félin», a dit le barbare... Mais dans quelle direction ?

Retrouvez les traces de cet animal et ne vous trompez pas : la victoire en dépend peut-être.

Lorsque vous aurez identifié la bonne piste, suivez-la avec le doigt.

De cet endroit, rejoignez la page 32.

Cette solution vous conduira page 30.
Ce chemin vous mènera page 26.
Si vous atteignez ce point, allez en page 38.

Le boyau souterrain vous a mené à l'extérieur
de la forêt. C'était une mauvaise piste !
Il ne vous reste plus qu'à recommencer
une nouvelle quête.

Quelques-uns de vos habituels compagnons
de jeux vous ont fait la surprise de vous attendre :
ils sont cinq, cachés autour de vous.

Quand vous les aurez retrouvés,
racontez-leur vos aventures,
puis retournez page 6.

Une sylphide est enlisée dans ce marécage. Cette créature magique a dû trop s'éloigner du chêne centenaire dont elle a besoin pour survivre.

Elle vous supplie de lui venir en aide, mais comment faire ?

Si vous trouvez le moyen de la sauver, tournez la page.

Si vous refusez de lui venir en aide – ne vous a-t-on pas dit que certaines sylphides étaient des êtres diaboliques ? – poursuivez votre chemin jusqu'à la page 24.

La sylphide vous est reconnaissante de lui avoir sauvé la vie. Pour vous récompenser, elle vous révèle l'existence d'un talisman fabuleux : celui qui s'en emparera imposera sa volonté au dragon ! Hélas, elle ignore où se trouve cet objet extraordinaire. Tout ce qu'elle peut vous apprendre, c'est que le talisman est un bijou sculpté en forme de dragon... et qu'un détail, dans le décor qui vous entoure, lui ressemble comme deux gouttes d'eau. Saurez-vous le reconnaître ?

Allez-vous poursuivre votre chemin à travers les bois ?
Rendez-vous page 24.

Ou déciderez-vous d'explorer la grotte ?
Allez page 40.

Soudain, dans le couloir, apparaît un impressionnant guerrier barbare. Si vous l'avez déjà rencontré, allez page 38 sans rien lui donner. Dans le cas contraire, vous devrez lui payer un droit de passage. Qu'avez-vous à lui offrir ?

Avez-vous en votre possession le talisman entrevu dans la clairière des trolls ?

Si vous décidez de le donner au barbare, il vous indiquera le couloir de droite, en vous conseillant de suivre le félin. Allez page 28.

Peut-être préférerez-vous le conserver et offrir au guerrier les pierres précieuses trouvées chez Erwan ? Dans ce cas, il vous indiquera le couloir de gauche et vous souhaitera bonne chance. Rendez-vous page 38.

Pour quitter la grotte sans encombre, il vous faut prendre garde aux trois animaux familiers du barbare.

Mais les avez-vous repérés ? Méfiez-vous de leurs griffes et de leurs dents acérées !

Vous voici parvenu devant une large porte... Peut-être est-ce celle qui mène au repaire de Meogl ? Elle semble impossible à ouvrir, mais vous vous doutez qu'elle s'écarte sûrement sous l'effet de la magie ! Vous apercevez des encoches gravées, qui semblent correspondre... aux pierres précieuses que vous avez trouvées chez Erwan !

Mais les avez-vous encore sur vous ? Si c'est le cas, réussirez-vous à faire coïncider cinq de ces six gemmes avec les ouvertures gravées dans la dalle ? Si c'est le cas, allez page 42.

Dans le cas contraire, poursuivez votre chemin et rendez-vous page 30.

Une patrouille de gobelins ! Ces êtres sournois sont les plus zélés serviteurs de Meogl : vous ne devez plus être très loin du repaire du dragon ! Hélas, ces créatures maléfiques sont sans pitié et aiment se repaître de la chair des enfants égarés... Vous êtes en fâcheuse posture !

Pour vous débarrasser d'eux, une seule solution : libérez un des systèmes de poulies.

Ne vous trompez pas : seule l'une des cordes parviendra à abaisser la grille et à leur interdire l'entrée de la pièce !

Si vous avez fait le bon choix, rendez-vous page 36.

Sinon, vous allez servir de repas aux gobelins ! Il vous faudra recommencer une nouvelle quête, en repartant de la page 6 !

Vous voici enfin dans l'antre du terrible Meogl ! Avant de vous dévorer, le dragon, sûr de sa puissance, s'amuse à discuter avec vous. Profitez-en pour vous emparer du talisman avec lequel vous pourrez lui imposer vos volontés !

Avez-vous rencontré la sylphide, au cœur de la forêt ?
Si ce n'est pas le cas, il va sans doute vous falloir recommencer votre quête...
Retournez page 6.

Si elle vous a décrit le talisman, vous souvenez-vous de sa forme exacte ? Faites un effort : c'est le seul moyen de vaincre le dragon !

Si vous trouvez le bon talisman, tournez la page.
Sinon, retournez page 6.

Victoire ! Vous avez fait le bon choix !
Vous êtes devenu le Maître du Dragon
qui plus jamais ne terrorisera
les habitants du pays !

Erwan est fier de vous :
il vous accompagne jusqu'au village.

Ici s'achève votre quête.
Vous resterez à jamais le héros
qui déjoua les sortilèges
de la forêt !